烏龍院 活寶

Q版 四格漫畫

第1卷

作者——敖幼祥

烏龍院活寶人物介紹

長眉大師父

烏龍院大師父，面惡心善，不但武功蓋世，內力深厚，而且還直覺奇準喔！

大頭胖師父

菩薩臉孔的大頭胖師父，笑口常開，足智多謀。

大師兄阿亮

原先是烏龍院唯一的徒弟，在小師弟被收養後，升格為大師兄。有一身好體力，平常愚魯，但緊急時刻特別靈光。

烏龍小師弟

長相可愛、鬼靈精怪的小師弟，遇事都能冷靜對應，很受女孩子喜愛。

艾飛

苦菊堂艾寡婦之女，個性調皮搗蛋，後來被活寶附身，和烏龍院師徒一起被捲入奪寶大戰大戰。必須以五把金鑰匙前往五個地點找出活寶正身。

艾寡婦

斷雲山腳苦菊堂的老闆，其夫進入斷雲山尋找活寶一去不回，女兒艾飛又被活寶附身。

馬臉

胡阿露的部下，臉長無比，自稱武林萬事通，最愛大師兄的光頭。

胡阿露

葫蘆幫的大姊頭，老謀深算，拿手絕招是「葫蘆吸引功」。

蔡捕頭

石頭城第一名捕，辦案認真，大公無私，和烏龍院交情匪淺。

林公公

掌管刑部的太監，有「末日閻羅」之稱。其實與葫蘆幫是同夥，幕後老大身分不明……

糖葫蘆、甜葫蘆、蜜葫蘆

胡阿露的部下，看起來是三個天真的小女孩，其實身懷邪門武功。

目錄

第1話
八毛利事件

打劫!!
你們是來打劫的嗎？
廢話！難道是來觀光的嗎？
就……就給他們吧……
是銀票！
我們終於成功了！
小賊！別插隊！老子等半天了！
下一個三十號！
八十九
九〇

打開金庫！
不然要你女兒的命！
她不是我女兒。
哇！
可是…
那……那我砍了你姑姑。
她也不是我姑姑。
不對不對！
那……那我就宰了你妹妹！
她也不是……我妹妹…
不是！
我要殺了你媽、你阿姨、你姪女、你弟媳、你大嫂、你表妹、你姑媽！你……!!
到底是誰？
冷靜點！
老婆啦！
笨賊!!

這裡就是金庫。
動作慢吞吞的！鎖來鎖去！
真是自尋煩惱！
不鎖還能叫金庫嗎？
大哥！讓我來打開輝煌的未來吧！
不是金庫
不要！
真丟臉，金庫門向外開是常識吧！
被這種人打劫，覺得丟臉的應該是我們。
你知道嗎？
我也不知道呢。

打劫呀！
各位英雄救命！
毛利钱庄
發
匪徒在哪裡？
阿亮去收拾他！
就在店裡面！
PUNCH
KICK
噗
打錯人啦！
那個是老闆！
遇賊又碰上傻子，我們
真是命苦呀……

老大！那呆子要
衝過來了！
怎麼辦？!
咤！
太小看我們這些
狠角色了！
砍人 !!
狠
真的
砍了!!
太——
狠了!!
我是一個呆子，
你們是一群呆子。
太狠了……

是男子漢
就來比比手上的
真功夫！！
誰怕誰？
出來混靠的
就是實力！
看來大戰
一觸即發!!
首屆刺繡大賽
加油！
加油！
加油！

老公！
快交出金銀財寶，不然就砍了她！
老公！堅強一點！不要向恐怖份子低頭！
噢！老婆！妳好勇敢喔！
妳安心去吧，我又可以娶新娘了。
嘿嘿嘿……
八毛氏妻

正
義
公
堂
蔡捕頭在此！惡賊束手就擒！
根據經驗，官差不可能這麼有效率……
上級規定報案三分鐘之內不趕到，扣半個月薪水！
阿 Sir，辛苦了！

咱們炮炮四兄弟
是江湖第一狠。
只要我們
點燃這條線，
就能炸平
整條街!!
果然是
超級狠！
狠爆了！
老大，你狠歸狠，
但你得保證我不會
先把咱們炸成灰。

今天是恐怖份子的末日！
投降吧!!
炮炮轟天雷！將你轟成肉泥！
在轟鳴中爆發吧！！哈哈哈哈哈!!
好漂亮的煙火啊……
對不起！我綁錯了！

我們捉到通緝犯，
前來領取賞金！
刑部
今日不行，
回去吧！
為什麼？
為什麼？
WHY?
倫家今晚約了小花，
不加班的啦。

炮炮四兄弟賞金
是每人一百元……
豈有此理!!
一百元
誰稀罕?!
師父正義凜然
太偉大了！！
怎麼可能會
為了一百元賞金
而折腰呢？
最起碼一千元吧！

賞金應該
歸烏龍院。
你的意思是我們
白幹啦？賞金要
歸正義公堂。
那就看誰更有
資格拿賞金吧！
都給我
住手！
賞金全部給我，
你們不用爭啦！
快去把賞金領來！
賠償我店裡的損失！

這裡就是刑部。
官差都到哪去了?!
我們就是呀！今天是便服日嘛！

大太監林公公掌管刑部，
聽說他手段極其兇殘。
沒錯！
他有個恐怖的
綽號，叫——
末
日
閻
羅
還有一個更
恐怖的呢！
哈哈哈……
那就是——
甜心小林林！

我猜你們是來領賞金的？
但三人搞不定賞金？
呵——這也猜到……
所以來找我確認賞金的數目?!
真準
神算啊
天师神算
這是我業外時間的兼職，熟客可打八折，歡迎光臨！

關於賞金的事情，
還請公公您多費心了！
價值連城的
千年人參，
是孝敬公公的。
這是
「一品鮑」！
鮑
真是間得慌，
這麼有錢還拿什麼
賞金呀！

每人一萬，
四人就等於四萬。
烏龍院可以重新
裝修啦！
可以去九寨溝
度假了……
扣除個人意外所得稅，
治安管理稅……
公務差旅稅……
稅務計算稅……
稅
每人只有 5 毛。

我覺得告示
有古怪!!
無論是幾號，你永遠
都可以說是上月底。
我要打電話
去刑部投訴科
投訴你！
……
公用電話
您好！
這裡是刑部投訴科，
請問您有什麼事嗎？

敢說懸賞告示
是假的！
ㄙㄚ—
烏龍院
天雷地火
神功!!!
哇!
!
本部最近在
維修電話……

有刺客！
護衛林公公！
咦？林公公呢？上哪去了？
林公公呢？
本來是小傷……
現在是全癱……

林公公！
沒事吧 !!
打 !!
打 !!
打 !!
打 !!
給我打 !!
狠狠地
打打打 !!!
公公想打
什麼呢？
打……打起
精神送客 !!
哼！
……

堂主，
這次行動，
屬下查到關於
活寶一事。
活
寶
為什麼你要
提到那玩意!!
哎呀！
原來公公
早已知道
這祕密嗎？
因為以前我也曾經
有過一個活的……

第2話 摳門蔡捕頭

我們發現散布消息的是
一個詭異的女子集團！
只要取到活寶，
就可獲得五萬獎金。
五萬 !!
比刑部的通緝
賞金還高 !!
賞 懸
有效期至
〈每人壹万元〉
炮炮四兄弟
還等什麼？
先去賺點外快！

可惡！搞了半天
一毛錢也沒撈到!!
為了補償我們，
蔡捕頭請吃鴨！
吃鴨就吃鴨，
有什麼
大不了的！
隨便吃！
不用客氣！
此鴨非彼鴨，
小氣鬼！
特賣!!!
水晶大鴨梨
五毛一斤!!!
鴨梨

不許賴皮！
說好要請吃烤鴨的！
好啦！吃鴨就吃鴨！
哇噢！
真夠氣派的呀！
霸王鴨庄
YA YA YA
歡迎光臨 !!
反正都是吃鴨子！
霸王鴨庄
小霸王鴨庄
YAIYAIYAIYA

聽說這間烤鴨店在
江湖上是獨一無二的！
老闆！
來隻烤鴨！
還要鴨湯！
炒鴨肝、
鴨腸！
沒有烤鴨！
沒有烤鴨，
叫什麼烤鴨莊呀！
這不都還
在「考」嗎？
果然獨一無二！

老闆！
先來全店最便宜
的菜！
好嘞！
魚翅、燕窩、干貝，
全鴨一品煲！
極
好香！撿到寶啦 !!!
這只是給你們聞的！
每位三元！
極

招牌菜回鍋鴨
有什麼特色嗎？
保證一吃難忘!!
餓扁了。
快嚐嚐味道！
太難吃啦！！
鹹死了！
味道太
奇怪了！
稀哩哗啦!!
POOW
名副其實的
回鍋鴨。
已經被吐
991 次，味道
當然濃。

烤鴨來了！
請慢用!!
好可憐！
鴨腿給你吧！
嗚……
我的也給你們吧！
可憐的小傢伙們！
不錯嘛！回鍋鴨
又有料了。

啊！馬車已經到了?!
噢！
命運的十二點已經到了！
喂！你這樣很丟臉……
我最喜歡灰姑娘的故事了！
喲！我倆是同好吶！

馬車上……
還有一個……
啊！那是個人！
喔！身手好快！
閃哪去了？

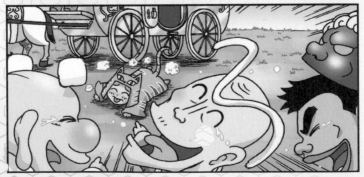

我的主人要發
紅魚帖給你們！
嘔！
她在吐魚嗎？
！
不小心把魚
消化了！

貓奴究竟為何
給一條魚？
令人
百思不解！
詭異！
懸疑！
要弄清楚意圖，必須有
超凡的智慧思考才行！！
神明呀！
給我們一點
啟示吧！
老頭！
還有新鮮點的嗎？
老年
呆
傻

魚身上刻的字謎
太深奧了！！
仇人隱去明月藏
十日分刀去何方
情心已逝夢初上
千里孤身討秦殤
真是看得讓人
一個頭兩個大！！
靜
師父，我得到元宵猜謎
第一特獎啦！
獎品是九十九斤
大紅魚。
EEEK!

面對問題不要畏懼，
要專心思考！
這條紅魚的字謎，豈能
考倒老夫 ?!
瞧瞧你們傻頭傻腦，
只會傻笑。
嘻……
師父想得太專心，
把墨水當茶喝啦 !!
HA!
HA!
HA!

字謎已破解！
仇人隱去日明藏
十日分刀去何
情心已逝梦却上
千里孤身讨蔡族
障礙解除了！
接下來就制定下一步計畫！！
嗯！的確要好好計畫！
紅燒魚
魚湯
生魚片！！

師父!!
快看!!
鱗片夾縫中找到一根斷髮。
唔!這根毛……
難道是……
會不會是某個美女留下的!!
臭光頭!!
無端端拔人家的腋毛，還裝神祕。

哇！這裡的植物長得好大啊！
連毛毛蟲也長得超肥的！
這麼大的蟲，能把鳥都吃了！
WA
土包子，誰說鳥一定是小的？

鈴！
聽吶！有鈴聲！
一定是貓奴出現！
鈴！
鈴！
超級神秘的貓奴會
帶來什麼訊息呢？
耍賴！我還沒
準備好 !!
鈴！
鈴！
鈴！
我找到了 !!
鈴！
鈴！
鈴！鈴！
是垃圾車，哈
哈哈哈……
哦？是小師弟呀！
要倒垃圾嗎？

神祕的青林溫泉沒人帶路，要如何進入？
是傳話人！快跟著她!!
快點追上她！
變態呀！你們要跟到什麼時候？
W•C

在前面!!
這次還不抓到你?!
咦?
唰!
怕了我，逃走了呀?!
EEEK!
PA!
DA!

這古老廢棄的
青林溫泉，聽說
經常鬧鬼……
哇呀——!!
你……你……
見到什麼啦？
先做驚嚇
準備而已!!

烏龍院依約到此，
何方高人請現身吧!!
你們終於
來了!!!
好詭異。
好厲害。
好神祕。
好邪氣!!
先泡了溫泉
再說啦!!

妳約我們來到底想幹什麼？!
有暗器 !!
SA!
SA!
SA!
PA!
PA!
PA!
PA!
烏龍院果然好身手！但是把招待的糕點打爛就有點可惜了！

此次邀你們前來，
是要幫我尋找一物！
叫作「活寶」！
活寶?!
哈哈！烏龍院早就
有活寶了!!
師父經常說我是
活白痴耍寶！
所以我就是
活寶呀！

第3話

斷雲山腳下

我要你們去尋找秦廟聖物——活寶。
哇！是真金呀！
親！！
吞了?!
咕
還好，吞了一個，還有其他的。
手術後
全部都用在手術上了。

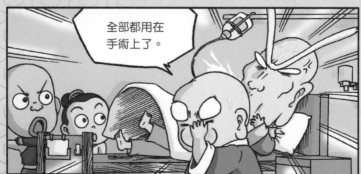

沒交代去哪裡找活寶，
就突然不見了?!
我看她是早已替咱們
設計好了！
HWA~
喵嗚──
看吶！
肥貓寫的字！
那是……
斷石山
斷么山
斷公山
斷「云」山

媽媽！
大事不好了！
咱們又生了一隻
小母羊！
咩
艾飛，生小羊
有什麼不好呢？
可是……
咩
可是……
還是會很
奇怪耶……
咩
真是的！
生小羊有什麼
好奇怪的？
但小羊是母牛生的呀！
咩

咱們唯一的公羊大雄，
也老得不行了。
咩

大雄……你為這個
家付出太多了。
咩

你好好休息，
可別累病啦！

等我買了新公羊，
再把你燉了！

GAZ
禿鷹來啦 !!
咩!!
大雄神勇 !!
雄爺最近安好 ?!
年紀大啦！日子不好混囉！

大雄！
快阻止牠!!
KON
殘羊眼花撞樹啦！
大雄萬歲！

我要你立刻還債！
朱大爺，小女子窮得米缸見底。
就拿妳女兒來抵債吧！
不要!!
不行啦！您先聽我說！
艾飛的學費 12000
玩具錢 3400
圖書費 4850
牛奶錢 5000
服裝費 7825
活動費!!
醫藥費!!
那錢比債還多！
你多不划算吶！

艾寡婦快還債！一共八隻羊！
只欠你兩隻，為何變成八隻？
這叫作「利」滾利！懂嗎？
給，還你的債！
唬人嗎？這裡只有兩隻羊啊 !!
羊滾羊，很快就能有八隻了！
咩咩
咩

救命呀!!
沒人會來
救你的!!
PUNCH!
領略到我的殺豬拳厲害吧!
嘩!比韓國整容還
方便快捷!
可惡!比我還帥!!

大師父一定會幫你解決問題的。
你放一百個心吧！
沒問題！咱們都搞定了!!
我說嘛……
烏龍院師父就是夠意思。

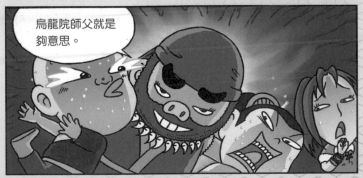

師父，用撿到的那筆錢救救他們吧！
不！行！
爺爺你瞧，咱們的眉毛長得多像！
那又怎樣？
人家可能是你失散多年的孫女……
胡說！
沒人會相信你的!!
請問長眉當年是怎樣始亂終棄？
女大俠，請笑納!!

你真的是艾飛的爺爺？!
爺爺！
不是！
不是!!
超八卦周刊
独家
艾寡婦
妳替我澄清一下吧！
我……？
爺爺！
沒錯，她長得不像艾飛爺爺……
爺爺……
哈哈哈哈哈
倒是挺像我老公的！
爺爺 !!
爺爺！

本人心術端正，
從不拈花惹草。
你敢發誓，從來
沒有過嗎？
認同。
當然可以!!
別激動！理智！
但你的眉毛已經
出賣你了！

拿去。
哇！金元寶值
十幾萬呀!!
艾飛的命真好，
有個這麼棒的爺爺。
不如……
爺爺!!

地瓜粥
烤地瓜
採到苦菊，
餐餐吃地瓜。
開飯囉！
今天吃啥呀？
百分之百
一定是地瓜。
烤鴨、魚肉！
不是作夢！
奇蹟嗎？
為了視覺效果，這些
都是地瓜仿做的。

天天吃地瓜！不用
說明天還是吃地瓜……
不，為了防止吃地瓜
反胃，我們家每三天
就不吃地瓜一天。
太好了！
那明天吃什麼？！
明天什麼也不吃呀！

麻煩你幫忙到田裡挖地瓜……
沒問題!!
都已經五個小時了，怎麼還沒回來。
你去找一下大師兄，看他怎麼啦？
好的！
救命啊……
救命啊……
笨蛋！挖地瓜挖這麼深的坑！

地瓜！
地瓜！
地瓜！
天天都是
吃地瓜！
哇！有烤鴨吃啦！
有烤鴨也不
叫我一聲！！
胖師父！
只是精神滿足的
地瓜鴨而已啦！
PU

你們看！這是我
爸爸親手畫的！
妳頭巾上也有一個耶！
是自己繡上去的嗎？
嗯！
繡在頭上了！

我要快快長大，
上山去找我爸爸。
你老爸幾年沒回來，
有可能還活著嗎？
她被你的話刺激到，
變臉啦！
酷！是超級變臉喔！
PA
PA
PA

烏龍院決定登上斷雲山尋找活寶。
你別衝動，那地方超危險的！
之前上去約一百零八個，只有一個下來了。
至少還有一個，這就是希望嘛！
這就是當年唯一摔下山的人！
EEEK

斷雲山地形險惡、
飛鳥難及，沒一個
能活下的，你們
還要去嗎 ?!
不用多說，
我們去意已決 !!
瞧！咱們大師父多麼
有男子漢氣概！
說去就去 !!
老滑頭逃跑了！
是回去的「去」呀 !!

漫画

第4話
苦菊艾寡婦

你們上山有帶什麼裝備嗎?!
沒有!!
來，一人先一個飯糰！
謝謝。
太好了！不用擔心路上會餓肚子了!!
好幸福……
飯糰有劇毒！急難時吃下可以免除痛苦！
吞了!!

你們打算用什麼
方法上斷雲山？
呱
用熱氣球
飛上去!!!
啊
完全感覺到你們被
我們的創意所震撼!!
因為我們是
烏龍院！
竟然和以前
一百零八個呆瓜
相同的想法。
太令我失望了。
112
110
109
111

搭乘「大頭號」氣球飛上斷雲山!!
我發明的「大頭式調節閥」能控制火力！
是科學發明家！
天才喔！
大頭是英雄！
大頭是偶像！
首先要用大頭吹起氣球！

好牛！
PAK
PAK
POK
喔！
這個更牛!!
這個才叫牛呢!!
這個沒啥特別吧！
PAK!
因為是牛劈的！
真牛!!

大家都在忙，
為什麼只有你
坐在這兒乘涼？
思考？
考什麼？
我，
在思考。
思考就是
腦袋運動。
頭腦運動能
將身體帶入
自我宇宙……
從而跟隨宇宙
做無量運動。
可是你的自己
沒有動呀！
CON

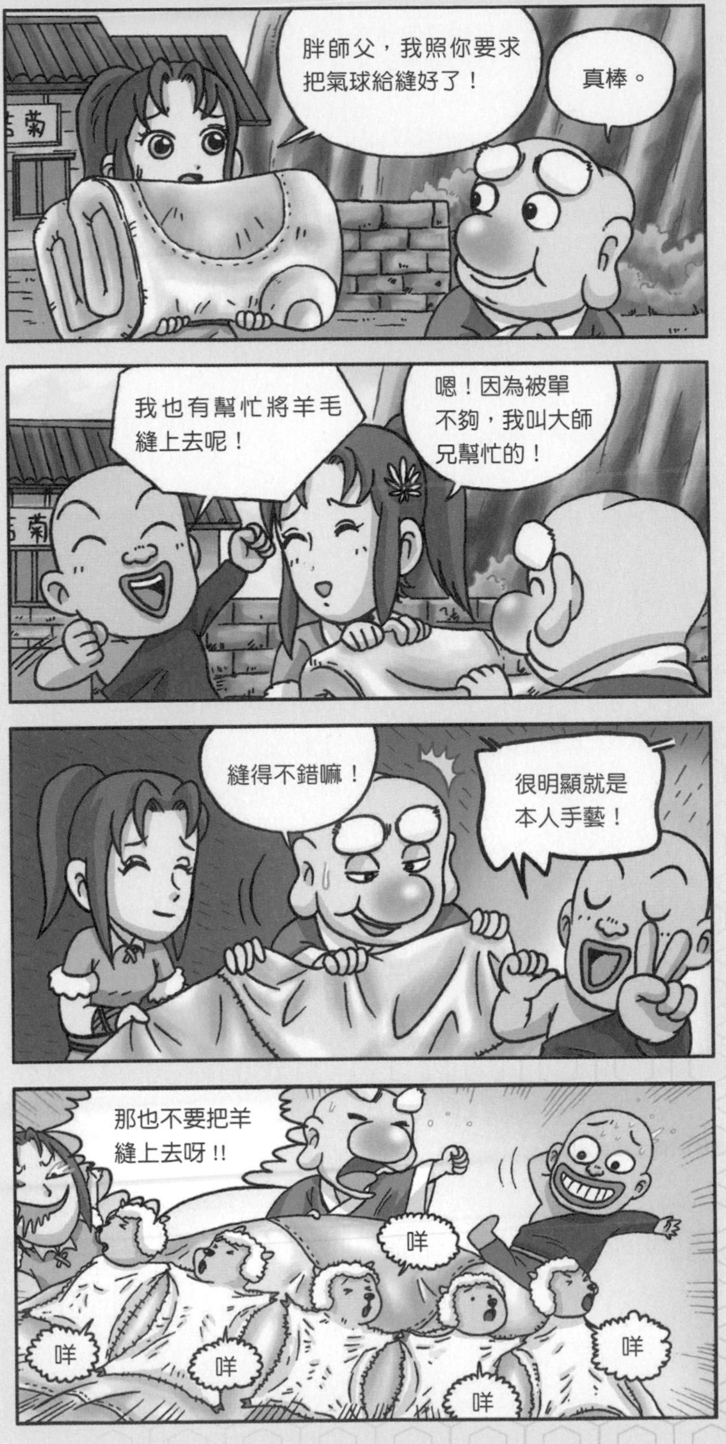
胖師父，我照你要求
把氣球給縫好了！
真棒。
苦菊
我也有幫忙將羊毛
縫上去呢！
嗯！因為被單
不夠，我叫大師
兄幫忙的！
縫得不錯嘛！
很明顯就是
本人手藝！
那也不要把羊
縫上去呀!!
咩
咩
咩
咩
咩

家裡再也找不到布了，只能用艾飛的小褲褲……
啊
媽媽不公平！
為什麼不用妳自己的。
嗚……
……
……
……
別哭別哭，
把我們的捐出來吧！

小女生的內褲怎能代表我們烏龍院呢?!撕掉它!
不能撕!!
要撕的是你這張偽君子的面皮!!
面皮撕下來了!!
厚臉皮的老鬼!
到底有多少張面皮?!

艾寡婦！
竟敢教訓老夫？

哇!!

大雄別咬了!!
公羊護主
真感人呀！

別咬了！
那又不是
雞屁股……

好，要開始生火
充氣了！！
生火我最行了!!
加油！用勁!!
加把勁！
還差一點啦！
呼……氣球不是
已經鼓起來了嗎?!
你沒看到烤肉
還沒熟嗎？

耶！烏龍號
升起來啦！
這個吊籃製造得
有問題！
咦？
怎麼可能？
我可是有按照尺寸
去訂做的呀！
可是你叫
其他的人
坐那裡呢？

媽咪！快救我！
寶貝女兒飛上天啦！
怎麼辦？怎麼辦？
大家別慌 !!
遇到危機
要冷靜。
我已經想到
辦法了。
再花半年時間造隻
飛船去救她！

媽咪呀！
救命呀!!
快抓住繩子!!
用力拉！
不……不要抓那裡。
你弄得我私房錢露餡了！
死大頭不要放手啦!!

艾飛！
氣球越飛
越遠啦！
哇
你用「人力彈射」
送我上去。
好！
超級烏龍
旋風!!
小朋友，
你迷路了嗎？

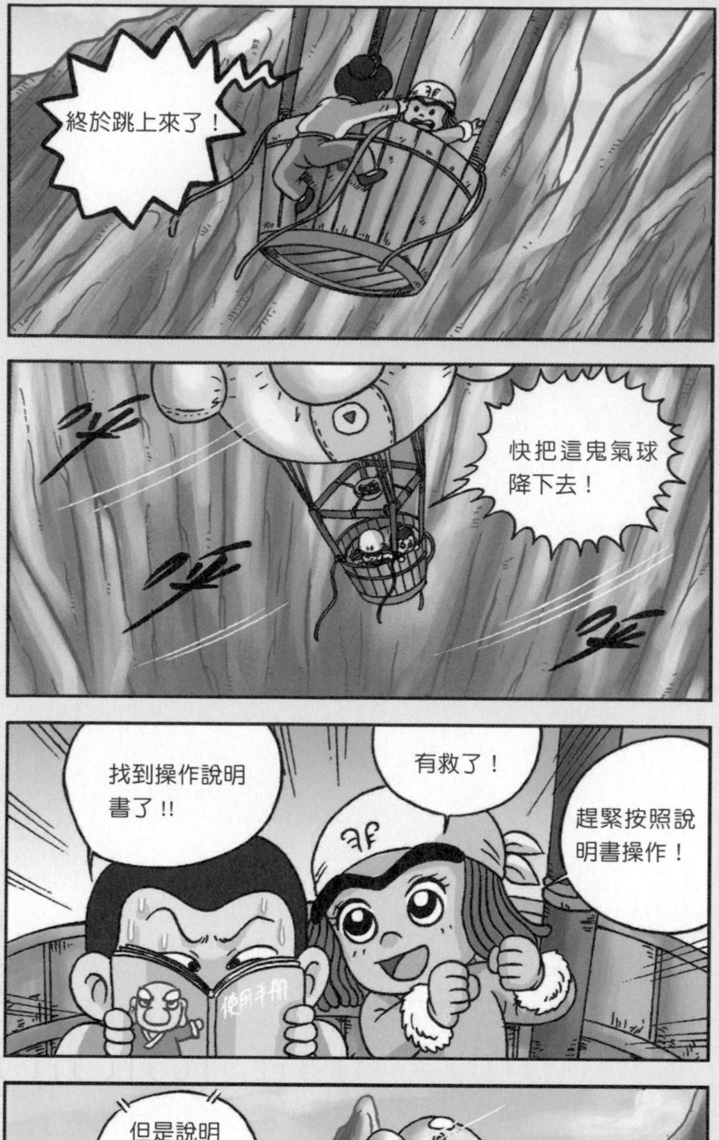
終於跳上來了！
快把這鬼氣球降下去！
找到操作說明書了!!
有救了！
趕緊按照說明書操作！
但是說明書是用俄文寫的。
哇！

這裡是禿鷹的巢穴嗎?!
兄弟們，向他們敬禮!!
……
看來我們很受歡迎嘛！
遜斃了!!
原來人類的智商只能造出這種白癡飛行器。

當心！快趴下!!
又衝來啦！
這裡有炭！可以做為武器！
先拿來當武器抵抗一下！
哇！是燒著的炭!!
炭不是要點著才能用嗎？

看我的厲害!!
呱
太帥了！
把臭鳥打跑了。
不是砸中了嗎？
怎麼又飛回來了?!
大爺，再賞
點吃的吧！
剛才你扔的
是飯糰！

傲慢的人類，不要
小看禿鷹的智商！
讓我們送你下去吧！
完蛋！
氣球要墜毀啦！
以後再也見不到
媽咪了！
請搭乘禿鷹專用
纜車下山。

PU
這次死定啦!!
遇到危機
不要大叫!!
要用大腦！
腦子呀！腦子!!
怎麼用呀！
用腦子。
BOOM
用腦子。
用腦子。
用腦子。

他們不會駕駛熱氣球，
在上面一定很危險!!
……
看！是一張信紙！
一定是他們寫的。
壞消息是，我們被禿鷹攻擊，情況危急，恐怕下山無望……
我的女兒呀！
又有一封信啦！
好消息是，以後可以不用再吃媽媽煮的地瓜了！

熱氣球
瓦解了?!
燒焦的
木頭。
是空中爆炸……
沒見到屍體落
下，也許他們
還活著。
嗯……
還有一線
生機。
也許在半空中已經被炸成灰，
吹到黃河去咧！

快看！
是個雕像!!
我不要看！
我會起雞皮疙瘩!!
沒關係啦！
妳不用害怕！
妳不用害怕！
你看！
媽呀！妳是
小妖雞！
咕
咕
咕

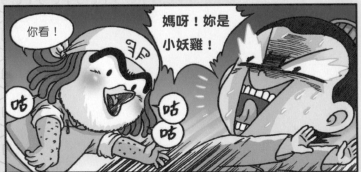

第5話
破解巨俑陣

好大的
秦俑 !!
看來藏寶地一定
在這裡了 !!
小朋友，進來
買票沒有？
!?
幾千年沒有客人了，
歡迎光臨 !!

這裡有八尊石像！
中間還有個石臺……
我總覺得這樣的設計有問題呀！
打麻將一桌只能四個人呀！

難道這裡就是傳說中
斷雲山藏寶的地方？
巨人還會消滅入侵者！
那堆白骨就是鐵證 !!
爸爸上山尋寶
失蹤多年！
難道這白骨
就是他……
WA
WA~
WA~
WA~
我很驚訝！
妳爸爸竟然是羊呀 ?!
咩？

上面有一則
謎語……
WINNER
太簡單了！
答案是三七四八！
接下來
怎麼做？
上面還說要用腳在
石臺上踩出答案……
石臺……？
石臺……？
EEEK!
這麼小
很難踩啊！

要猜出謎語才能
進入密室嗎？
我猜！
我猜！
我猜！
猜猜!!
PU PU PU PU
地震啦！
一定是入口
打開了！
更多的謎題
石碑出現了！

觸動機關必有大禍。
小心！
好遜吶！
全部射偏了！
原來他們是把蜂窩射下來！
DON!

咻
咻
咻
咻
好安靜！
是結束了吧！
5.4
6.2
7.5
體操新星選拔
…
…

KUN
踩錯機關啦！
噗！
這種幼稚的機關能嚇得了誰呀！
HOHOHOHO
古代的設計師真是低能哪！
HAHAHAHA
DON DON
HAHA
KATA KATA

哇呀！掉下去啦！
手！我扔妳上去 !!
DON
哎！比摔下去更慘！

胡阿露年輕時
是一位身材曼妙
的女子！
她十八歲時拜師
於點蒼山氣功大
師門下，學習獨
家吸引神功！
我吸！
我吸吸吸！
我吸吸！
師父，
接下來呢？
要如何把氣排
出體外？
師父腦出血！完蛋啦！
人家變成肥婆啦！

胡阿露雖然
身材肥胖……
卻練有一身
好武藝。
而且輕功
了得 !!
死肥婆又來了 !!
快戴頭盔 !!
……
不要過來！
拆房子啦！
KAM!
KOM!
DON

哎喲，讓我們陪客官
喝酒吧！
快說！這是鬼還是妖怪 !!
好傷心哇！說得這麼直接，哇哇……
沒想到竟然被你
識破了 !!

馬臉因為樣子長得抱歉，幾年沒有客人點她陪酒。
唉——人醜被人欺。
馬臉，有客人指定點你！
喲——人家等很久了啦！
好妞——果然很「馬」！

馬臉發高燒，
要去找大夫了！
病情很嚴重嗎？
唉
唉
唉
到……到底
怎麼樣了……
你們還是考
慮一下找獸
醫來吧！
嘶……

酒菜呢？快給
我上呀！
每次都賒帳！
不賣！不賣！
就憑這個，
今天再賒帳的是豬！
買單！
這麼大的元寶，
找不開！
那沒辦法，繼續賒帳吧！
啊
啊
啊

老子有錢就是大爺!!
給我
給我
給我
給妳這個醜八怪！
痛！
灰姑娘的
奇蹟。
受虐女變成
了大美人！
！
繼續吧！
再來呀！
再用力一點，
感覺超棒的！
變態
變態

李白銷魂酒，能讓
人什麼都忘掉。
李白銷魂
GU
GU
GU
GU
GU
站住！你還沒
結帳呢！
什麼帳？
啥？
你是誰呀？
我為什麼欠你錢？
真是！
他忘得
真乾淨！
啥？
銷魂酒

快去打聽元寶的來歷！
一醉
這酒能讓他
說出真話。
真的 ?!
那個……
這個……
那個…
啊！你說的都
是真話嗎？
他說妳是肥豬，
我是瘦皮馬！
妳自己去
問他吧！
100%
真話

金元寶歸我了!!
見者有份!
快拿來!
給我!
不用搶!
拿來給我!
葫芦吸引功!!
哎!吸到
一堆肉!
跑掉了!
無聊!

斷雲山呀！斷腸人呀！
艾飛寶貝呀！
人兒安在呀？
可憐。
傷感。
嗚嗚呀！
慘！
慘！
慘！
我好同情妳！可妳的
聲音像在殺豬——
我說的
是實話嘛——

我們用色誘術來
迷惑烏龍師徒！
這個我拿手！
讓我喔！
BABY ——
天哪！
師父！我發現一匹會
跳舞的馬在外面！
HA HA HA
HA HA HA
HA HA
HA

你們去引烏龍院師父出來!!
行動！
噹！
HA HA HA
屋內傳出慘叫！
哇呀！
噢呀！
哎呀！
發生激烈搏鬥！
名牌皮草 3折

糖葫蘆！
甜葫蘆！
蜜葫蘆哦！
葫蘆媚狐術！
帥哥喲——
三位美眉
呼叫我嗎？
呀！真的媚到
狐狸啦！

第6話
鷹爪林公公

屋頂上有動靜，似乎有人！
咱們就去瞧瞧！
真糟糕！這麼多人！
慘了！
嘻——
咱們人多，把兩個光頭嚇壞了！
哈哈哈哈哈……
我們是擔心人太多，破屋頂承受不了！
哇呀 !!

林公公！
你也該出手了吧！
真討厭，又要弄髒人家的寶貝指甲呢！
嘖！娘娘腔！
啊！最近美容院修甲的好像漲價了……
考慮到這種情況，我提早準備了腳甲……

小心林公公偷襲！
飛天蜘蛛?!
咿哈哈哈哈哈
!
...
啊！原來是吊鋼絲！
笨蛋！
很丟臉！

斩风雷龙波
你的手下也太弱了吧!!
別鬧了！給你們加薪就是了！
統統給我起來！
利用我來要求加薪。
太過分啦！

傻徒弟！快關門保護艾寡婦!!
來呀！
誰怕誰？
烏龍院的傻徒弟，
死到臨頭了還一副傻相！
KWENG
你們才傻咧！
我裝了安全玻璃！

胖叔叔，不帶我們上山玩嗎？!
三位離家這麼久，都未曾想念家中白髮雙親嗎？
SHINE!
SHINE!
SHINE!
慈悲
回家吧！迷途的小羔羊。
嗚嗚……
好想回家，嗚……
返鄉車費一人五千！
慈悲的代價太高了！

現在屋裡安全了……
喲～
世上竟有如此高手。
門窗都已經關了……
人家身材這麼好，當然是從煙囪進來的……
沉魚落雁

哟
妳……是什麼東西？
怎麼進來的……
是風悄悄把我
吹進來的。
沉魚落雁
我……
花粉過敏……
哈啾！
飄走

我打 !!
打什麼？
打啵嗎？
來吧，
小帥哥……
我……不，我是
想打妳身後……
是要跟我
打啵嗎？

鐵葫蘆吸引功！
哇！
SWA
哇！內褲也快被吸走啦！
SWA
我看你能堅持多久!!
BOW
堅持到底。

葫蘆吸引功！
撐不住啦!!
Sou
Sou
Sou
好恐怖！
哇！慘不忍睹！
肥脂肪都被
吸來啦！
減肥就找葫蘆婆，
告別肥胖的生活，
讚!!

再不認輸就把他
那個剁了!!
無所謂!我那個
早被師父割了!!
好可憐喔!年紀
輕輕就斷根了。
人家說的是盲腸,
想到哪去了?!

傷腦筋！
斷雲山地形險峻，
飛鳥難登，
要如何上去呢？
這很簡單嘛。
在山上裝滑輪，
就可以輕鬆拉上
去囉！
好腦筋，
聰明！
似乎真的
很簡單。
謝謝
誇獎！
那就派妳
第一個登
上去裝滑輪吧！
嗚……

面部著地全是血……慘死啊！
已經夠醜的鼻子，壓得更扁了……
我立刻發功解救妳!!
SHIT！
把鼻子夾尖一點比較好看。
啦！
啦！

嗨！
鬼呀！
別害怕，我不是鬼！
噢！還好不是鬼。
嚇我一大跳。
人家是萬年植物精靈！
哎呀！更恐怖！
長得不像鬼的老木頭！
你這個人有毛病呀？
HAA HAA

妖怪不要過來—— !!!!!
完啦！
窮追不捨！
跑不動了。
把我吃了吧！
隨便你啦！
喘
喘
喘
你跑什麼呀？我只是要取回我的手！
這不是普通的樹枝嗎？

拜託你將她救活吧！
睜開眼了，艾飛復活啦！
鬼呀!!
這次真的被嚇死了！
真沒用！
我長得比蟑螂還可怕嗎？

妳終於活過來了!!
我是活寶，已經附了艾飛的身。
妳真的是活寶，不是艾飛?!
沒錯。
如果妳不是艾飛，就證明給我看呀!!
相信啦！相信啦！
DOOM

斷雲山果然險峻，人跡罕至！
有人捷足先登了。
咦？
斷云山
土产
嗯！好香的味道！
土产店
人人人人人人
肾脾肝肠心肺
500 700 400 100 200 600
新鮮滷味人肉串。
A
A
A

公公，我們迷路了!!
找不到路，
我就把你扔下去！
找到路啦！
前面發現
目標！
断云山导游
识途老马
按表计价
一分钟
五千

快把寶藏地點
說出來！
左轉！
右轉！
左轉！
右轉！
再右轉
再左轉
最後再左
轉右轉右
轉再左轉
直走!!
你真的知
道藏寶地
點嗎？
我是瞎掰騙
他們的！
哇！
找到了!!
運氣這麼好，
早知道去
買彩券。

這裡是密室
的入口。
注意啦！
有暗器呀！
快掩蔽！
閃吶！
哇！
嘻嘻！是當心那些
已經射出來的暗器。
可惡！
救命！

捕

第7話
戲耍胡阿露

小孩留下的
足跡。
足跡通向
前方的密林。
快追！
這裡竟然有一棟
小房子！肯定是
祕密基地！
SNOW
WHITE
全部給我拿下！

Is it the Queen who sent you here?
(是皇后派你們來的嗎？)
?
SNOW WHITE

這是我被五行將軍肢解的其中一部分。
哇！這一截是你軀體的部分嗎？
對呀！
奇怪？下面那裡怎麼沒有那個……那個……
因為我是雌性的！

不好了，感應到有人剛進地窖，一共有六個人！
什麼?!
哇，她的感應力那麼敏銳！
為什麼我一點都沒感應到？
我來教你吧！
首先必須有超強的領悟能力！然後……
嗯！
然後呢？
然後呢？
然後再配上這個！（監視閉路電視）
這個誰不會呀？

地窖裡好黑！
你去試探一下。
是！
喂——！有什麼發現嗎？
哇！發現地上有好多陷阱和機關！
還發現了什麼呢？
哇！還發現了許多血跡。
X6#※☆
報告！
血跡是我的。

不好了！地宮在震動啦！
怕什麼？冷靜點！老鼠挖洞的小震！
繼續向裡面搜！
GRUM
GRUM
媽耶！真的是大老鼠在挖洞！

公公，
發現一只寶箱。
咦？箱內寫著什麼字，看不清楚。
快點火，照亮一點！
上面寫著：瓦斯禁火。
瓦斯禁火
轟！

地宮崩裂啦！
公公快上飛艇！
等一等！
CRUCK
CRUCK
去死吧！
臭老頭！
別把我們扔
下不管吶！
CRUCK
出發！快離開
這鬼地方。
今晚加菜囉！
公公上
錯了……

LADIES，
現在換我阿亮登場了！
OH
WAO
YES
世界頂級型男！肌肉蹦蹦跳！
我們要!!
這朵花是我的！
是我先搶到的！
我的！

HELLO BABY！
這麼雄偉的肌肉
是在哪裡練的呢？
親愛的馬臉妹！
妳這麼想知道我
的隱私嗎？
哥哥！
快說嘛！
快說嘛！
天天被師父們虐待幹粗
活！妳滿意了嗎？
24 H
EEEK

我來為各位
獻唱一曲吧！
你會嗎？
那當然，我還常
常拿大獎吶！
太棒了！
咳！
嗚哇啦啦啦啦叭！
這種水準，能
拿什麼賞……？
大師父的
「巴掌」。

臭娘們都不肯去做飯 !!
……
既然
這樣……
TAK
!
?
?!
已經不需要，
不再需要吃飯。

閃亮出爐！
香噴噴的烏龍咖哩飯！
慢著 !!
先別急著吃！
我懷疑他下毒，先讓他嘗嘗 !!
嗝！
嗑光啦！
真好吃！
死肥婆！害我們餓肚子！

我——在——飯——裡——下——了——毒!!
咦?!
我竟然忘記放毒藥了……
毒
天下第一笨呀！
哈哈哈哈
竟然誤下了笑粉！
哈哈哈哈，肚子好痛
哈哈哈，救命啊!!
哈哈哈哈，停不了了！

妳們剛才吃的
飯有毒!!
胡說!你不是也吃了嗎?
沒錯!
對呀!
你也吃了!
想當年我在外賣
店打包做了十年。
那又怎樣?
毒物已經打包好了……

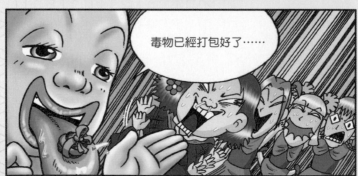

我在飯裡下了毒，
吃了會鬧肚子喔！
對了，這裡的廁所
只有一間喔！
我先上——！
BooF
BooF
Boooooof
男廁

BOOOF
BOOOF
廁所 在哪裡——？
廁——所！
為何門
打不開？
急死老娘啦！
投幣式的……!!!
BOOOO-
投币公厕
50元/次

廁所在哪裡?!
運氣真好!
廁所
!
?
誰來救救我呀!!

下降速度
太快了 !!
待我
大鼻噴氣
減速 !!!
吸
BOOOOO
太用力了—— !!

再次準備
降落地球。
咻
咻
哇！風向變了!!
咻
911
PATA
PATOM

別穿幫了！
她是艾飛的媽媽！
艾飛!!
媽媽!!
想死你了!!
!

哎喲！我的腿。
哎喲！
我去給師父拿藥。
這個加那個……
那個加這個……
這個……
仙丸
這是針對不同部位配的藥丸！
配錯部位了!!
OH!

小師弟，跟我
去找活寶吧！
太危險了，讓我
考慮一下……
…
走吧！走吧！
立刻出發！
這麼快又
決定了?!
突然想起明天
輪到我洗碗！

第8話
鐵堡風雲會

!!
是大師兄?!
怎麼辦？他好像要阻止我們！
不怕！
他若敢阻止我們，我就把他的醜事告訴師父!!
看吧！我就知道他是夢遊的。
嘮嘮叨叨嘮嘮叨叨嘮嘮叨叨嘮嘮叨叨嘮嘮叨叨嘮嘮叨叨
幸虧沒有阻止！

唬我嗎？活寶附身艾飛體內！
讓你見識一下活寶的植物超靈力！
虛張聲勢!! 樹一點變化也沒有。
你往下看一點。

有這五把金鑰匙，
就能找到活寶。
這裡我最大，鑰匙
交給我保管！
打劫！錢財
交出來！
他是老大，他
保管財物！

師父們好！小艾
來看你們了！
這……這是艾寡婦?!
不敢相信！
小艾給你們帶午餐來啦！
超有精神！
是真的艾寡婦……
又吃地瓜……

艾寡婦變
得超樂觀的。
再也不會像以前
那樣唉聲嘆氣了。
糟啦！艾寡婦
的家失火了！
還發什麼愣?!
趕快救火呀!!
不急，天氣
預報說待會
要下雨呢！
太樂觀了吧……

午門屠刀!!讚!!
只要
價錢好！
不怕難度高!!
有困難找
午門屠刀！
啊——那麼就
拜託你們了!!
您先坐著，
很快就好了。
最近不景氣，
磨刀賺外快……
午門磨刀店

去請些獨步武林的
殺手回來!!！
午門屠刀!!
超級殺手
三人組！
三位武器精奇，
果然與眾不同。
俺們以前是通渠轉
業餘的。
……

這箱酬金，請你們去殺一隻兔子……
一箱金子只殺一隻兔子！真是好康啊!!
!!!
再輸就什麼都沒了！這隻兔子太難殺了!!

這個警示牌
真奇怪！
当心兔子
當心兔子？
我連老虎都不怕！
還怕個兔崽子?!
当心兔子
哇！
真老虎！
当心兔子
小光頭，
你對我
有意見嗎？
我只是提醒大家，
我老婆是屬兔的！
當心兔子！
当心兔子
A

警告牌要我們
當心兔子。
寧可信其有，
不可信其無。
對，我們要
當心兔子！
哇！
前面出現一群
猛獸！
不用怕，他們又
不是兔子。
啊！天才！

救命呀！
聽吶！
前面有人
喊救命！
快點去
救他！
救命呀
哇！
?!
?!
這招不錯吧！
POTOM
救命呀 救命呀 救命呀 救命呀 救命呀 救命呀

聲音就是從草坡
後面傳過來的。
救命呼

……

哇!!!
天啊!!

哇咿!!
痛死人啦!!
……
嗯……你
的腎有問題。

報告!!
午門屠刀回來了!!
太好了!終於有人屠兔凱旋了!!
VICTORY
還發什麼呆呀!快去迎接呀!
可是他們是被一個光頭和尚抬回來的……

真抱歉，未能完成使命……
算了，派了五百人去，也總算有人能活著回來了……
報告堡主！二齒魔的來信!!
500个苦力已够，
請勿再派人來
TWIN TOOTH

哇！好迷人的肌肉呀！
肌肉。
不就是肌肉而已嗎？!
肌肉
苦練三個月，讓我用肌肉征服堡主吧!!
最近流行頹廢男呢！

我是鐵堡堡主鐵蓮。
美女做堡主，
厲害 !!
物以稀為
貴嘛！
!
我是堡主的保鑣！
鐵柱 !!
不得對我的主人
無禮 !!
狗也會說話，
厲害！
物以稀
為貴嘛！

幾百年來，二齒魔
一直是鐵堡的宿敵！！
歲月漫漫，鐵堡勇士堅強不屈。
這樣看來，
當年一定結下了
什麼深仇大恨。
有道理。
根據鐵堡
史冊記載……
是因為二齒魔當年
到鐵堡齒科看蛀牙，
蛀牙未付診療費用！
Shit。

他們三個得了「恐兔症」。
哇呀！
兔子!!
你太敏感了。
這裡沒有兔子。
兔兔兔兔兔……
兔子……
討厭！人家這是天生的可愛牙齒！

真巧呀！我就是屬兔的！
什麼也不用說，緣分注定妳也是屬兔。
堡主屬馬
討厭，你這小光頭真不老實。
人家才是屬兔的……

幾百年來鐵堡
人民合力對抗宿敵
——二齒魔!!
完全有賴於大家
堅定的支持!!
這事沒完，我也
死不瞑目!!
感动!
感动!
感动!
我下注鐵堡勝出，
不知待何時能了。
VS 兔
100 倍
100 元
大乐透
1 倍

二齒魔身高五丈，臂能斷鐵，齒可碎玉，鑽地洞，神出鬼沒。
堡主！讓我帶妳搞定二齒魔！
WIN
得
勝
太厲害了！他是怎麼辦到的？
OK
我高薪聘牠做挖煤工程師。

去殺兔之前，看看這些
不自量力的俠客牌位吧!!!
DON!
!
全部……
掛了……?!
有我鐵蓮在，
你不用擔心!!
我已經為你準備了
最豪華的靈位牌！
乌龙小光头
灵位

鐵釘，你帶這幾位客人
去安頓一下 !!
美女這邊請！
我為你們安排最豪華，
最獨一無二的房間。
刑房嗎？
超有钉

時報漫畫叢書FTL0872

烏龍院活寶Q版四格漫畫 第1卷

作　　者—敖幼祥
主　　編—陳信宏
責任編輯—尹蘊雯
責任企畫—曾俊凱
美術設計—亞樂設計

發 行 人—趙政岷
編輯顧問—李采洪
贊助單位—文化部

文化部 MINISTRY OF CULTURE

出 版 者—時報文化出版企業股份有限公司
10803臺北市和平西路3段240號3樓
發行專線—（02）2306-6842
讀者服務專線—0800-231-705・（02）2304-7103
讀者服務傳真—（02）2304-6858
郵撥—19344724 時報文化出版公司
信箱—臺北郵政79～99信箱
時報悅讀網—http://www.readingtimes.com.tw
電子郵件信箱—newlife@readingtimes.com.tw
時報出版愛讀者粉絲團—http://www.facebook.com/readingtimes.2
法律顧問—理律法律事務所　陳長文律師、李念祖律師
印　　刷—和楹印刷有限公司
初版一刷—2019年3月22日
定　　價—新臺幣280元
（缺頁或破損的書，請寄回更換）

時報文化出版公司成立於1975年，1999年股票上櫃公開發行，
2008年脫離中時集團非屬旺中，以「尊重智慧與創意的文化事業」為信念。

烏龍院活寶Q版四格漫畫/敖幼祥作
ISBN 978-957-13-7680-6　（第1卷：平裝）　NT$：280
ISBN 978-957-13-7681-3　（第2卷：平裝）　NT$：280
ISBN 978-957-13-7682-0　（第3卷：平裝）　NT$：280
ISBN 978-957-13-7683-7　（第4卷：平裝）　NT$：280
ISBN 978-957-13-7684-4　（第5卷：平裝）　NT$：280
ISBN 978-957-13-7685-1　（第6卷：平裝）　NT$：280

烏龍院活寶Q版四格漫畫(第1-6卷套書)/敖幼祥作
ISBN 978-957-13-7686-8　（全套：平裝）　NT$：1680

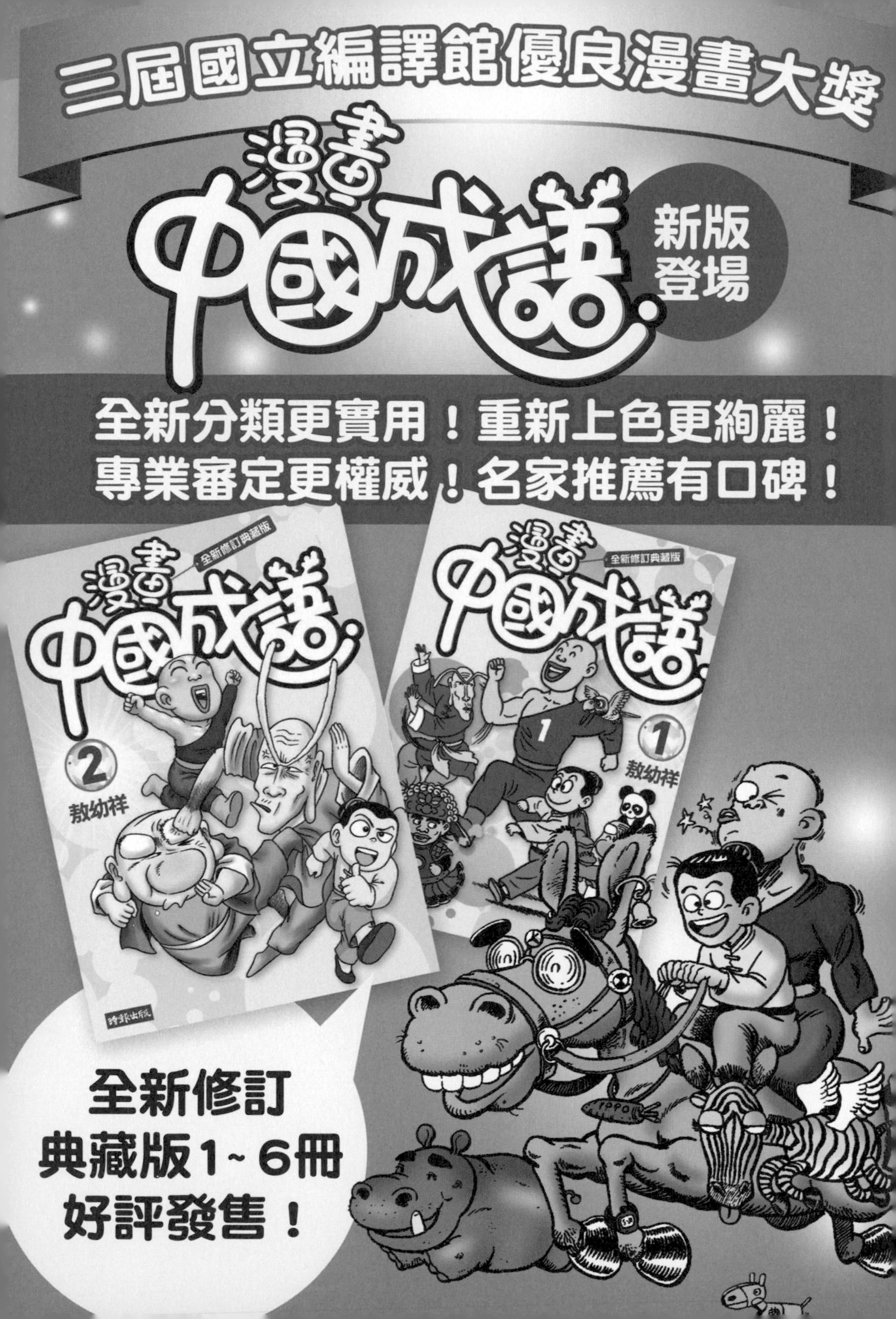
三屆國立編譯館優良漫畫大獎
漫畫中國成語
新版登場
全新分類更實用！重新上色更絢麗！
專業審定更權威！名家推薦有口碑！
全新修訂典藏版
漫畫中國成語
2
敖幼祥
時報出版
漫畫中國成語
全新修訂典藏版
1
敖幼祥
全新修訂
典藏版1~6冊
好評發售！